STOPP!

**Dies ist die letzte Seite des Buches!
Du willst dir doch nicht den Spaß verderben
und das Ende zuerst lesen, oder?**

Um die Geschichte unverfälscht und originalgetreu
mitverfolgen zu können, musst du es wie die
Japaner machen und von rechts nach links lesen.
Deshalb schnell das Buch umdrehen und loslegen!

D1731919

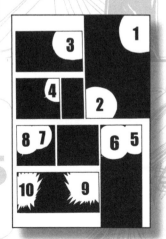

So (

Wenn dies das erste Mal sein
sollte, dass du einen Manga
in den Händen hältst, kann dir
die Grafik helfen, dich zurechtzufinden: Fang einfach oben
rechts an zu lesen und arbeite
dich nach unten links vor.
Viel Spaß dabei wünscht dir
TOKYOPOP®!

CHERISH

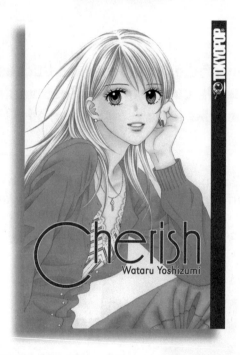

Die Eltern von Chihiro sind – ein schwules Pärchen! Genauer
gesagt haben der beste Freund ihrer verstorbenen Mutter und
dessen Partner sie aufgezogen. Jetzt ist Chihiro frisch an der Uni,
und gleich am ersten Tag wird sie mit ihrer Vergangenheit kon-
frontiert: Sie trifft ihren Exfreund Masanori wieder, und das
reißt alte Wunden auf ...

Cappuccino

Wataru Yoshizumi

TOKYOPOP GmbH
Bahrenfelder Chaussee 49, Haus B
22761 Hamburg

TOKYOPOP
1. Auflage, 2010
Deutsche Ausgabe/German Edition
© TOKYOPOP GmbH, Hamburg 2010
Aus dem Japanischen von Thilo Waßmer
Rechtschreibung gemäß DUDEN, 25. Auflage

IL CAPPUCCINO © 2008 by Wataru Yoshizumi
All rights reserved.
First published in Japan in 2008 by SHUEISHA Inc., Tokyo.
German translation rights in Germany, Austria and
German-speaking Switzerland arranged by SHUEISHA Inc.
through VIZ Media Europe, SARL, France.

Redaktion: Alexandra Schöner
Lettering: Datagrafix, Inc.
Herstellung: Simone Demuth
Druck und buchbinderische Verarbeitung:
CPI–Clausen & Bosse GmbH, Leck
Printed in Germany

ISBN 978-3-86719-916-2

www.tokyopop.de

Cappuccino

Wataru Yoshizumi

HAMBURG // LONDON // LOS ANGELES // TOKYO

Cappuccino

Inhalt

Erster Kaffee

————————— 5 —————————

Zweiter Kaffee

————————— 37 —————————

Dritter Kaffee

————————— 61 —————————

Vierter Kaffee

————————— 89 —————————

Fünfter Kaffee

————————— 115 —————————

Sechster Kaffee

————————— 141 —————————

Siebter Kaffee

————————— 167 —————————

Erster Kaffee

Ich kann mich nicht mehr erinnern.

Oder Sosuke?

War ich es?

Wer von uns hatte eigentlich vorgeschlagen, dass wir zusammenziehen?

Sosuke!

Wollen wir uns die nicht kaufen?

Die, die wir jetzt haben, reichen doch.

Ja.

Als Andenken, dass wir zusammengezogen sind. ♡

Tassen?

Aber ...

... all unsere Möbel und unser Geschirr sind noch von früher und nichts passt zusammen.

Also nicht?

Tassen im Partnerlook kauft sich doch jeder.

Ari, du hast echt eine Schwäche für kitschige Sachen.

Da möchte ich wenigstens neue Tassen ...

Echt?!

Okay.

Danke, Sosuke!

Dann kaufen wir sie.

Seufz ...

... und sind schon fast vier Jahre zusammen.

Sosuke und ich waren an der Uni im selben Seminar ...

Das stimmt nicht, ich hab gar nicht viel getrunken.

Aber du verträgst wirklich viel.

Du verträgst aber ziemlich viel Alkohol.

Ich bin etwas beschwipst.

Auf dem Heimweg von einer Party hat er mir im Zug seine Gefühle gestanden.

Wirklich?!

Dass du das noch weißt!

Was?!

Du hast zwei Reihen schräg vor mir gesessen.

Aber trotzdem, wow!

Ach so, an unserer Fakultät sind ja nur wenig Mädchen.

Die Aufnahmeprüfung haben wir im selben Vorlesungssaal geschrieben.

...

Ähm ...

Ich hab mich nicht getraut, dich auf dem Campus anzusprechen ...

... deshalb hab ich mich echt gefreut, dass du im selben Seminar bist ...

... und hab später auch nachgeschaut, ob du bestanden hast.

... Ich fand dich voll süß ...

... vielleicht mit mir aus...

...gehen?

Möchtest du ...

Und Sosuke ist auch aus dem Studentenwohnheim ausgezogen.

Jetzt können wir uns öfter treffen als früher!

Ja!

Ich bin von meinem Elternhaus immer zwei Stunden zur Uni gependelt, aber als ich angefangen habe, zu arbeiten, haben meine Eltern mir erlaubt, alleine zu wohnen.

Ich war zwar überrascht, aber es hat mich sehr gefreut.

Seit jenem Tag bedeutet mir Sosuke sehr viel.

... sondern auch im Arbeitsalltag so gut wie keine Zeit füreinander ...

Arbeitet als Nachhilfelehrer. Freie Tage: Montag und Mittwoch.

Arbeitet bei einem Schreibwarenhersteller. Freie Tage: Samstag und Sonntag.

... hatten wir nicht nur an unterschiedlichen Tagen frei ...

Allerdings ...

... sind die Mietverträge unserer Wohnungen ausgelaufen.

Unsere Sehnsucht füreinander wuchs beständig, und just, als wir es nicht mehr ausgehalten haben ...

Sorry, ich bin von den Überstunden total erledigt ...

Ich bin auch total erschöpft und hab etwas Fieber ...

... weshalb wir uns kaum noch treffen konnten.

Nächste Woche ist der Umzug.

Da haben wir uns ein Herz genommen ...

... und haben beschlossen, zusammenzuziehen.

Hast du deine Sachen schon gepackt?

Im Groben schon.

Ähm ...

Und du?

Was?!

Keine Sorge. Ich bekomm das noch hin.

10

... können wir uns garantiert jeden Tag sehen.

Ab nächster Woche ...

Ihr wart unsere Rettung!

Das wäre geschafft!

Inaba, Remi, tausend Dank, dass ihr uns geholfen habt.

Ach, jetzt krieg dich wieder ein. Es lief doch alles glatt.

Morgen sterbe ich bestimmt vor Muskelkater.

Ich bin total fertig ...

Wir hätten mindestens noch einen Mann gebraucht.

Inaba und Remi sind gute Freunde aus der Studienzeit.

Wann war das doch gleich?

Ja, genau.

Das war doch letztes Jahr, als wir uns in einer Kneipe in der Nähe von Aris Firma getroffen haben, nicht?

Es ist lange her, dass wir vier zusammen waren.

Es ist wirklich schon lange her ...

Meine Rede.

Ich mit Inaba? Unmöglich!!

Waaas?

Die beiden wurden aber nie ein Paar, sondern haben sich ihre Partner außerhalb der Uni gesucht.

Seit Sosuke und ich zusammen sind, haben wir viel Zeit zu viert verbracht.

Inaba war mit Sosuke im selben Klub, und Remi hab ich bei einem Sprachkurs kennengelernt.

Aber ich geh trotzdem mit, weil er mir alles ausgibt. ♡

Ein Arbeitskollege lädt mich ständig zu Dates ein, aber irgendwie funkt es nicht.

...

Schon.

Bist du Single?

Wie steht es bei dir in letzter Zeit?

Ich würde sie gerne kennenlernen ...

Beim nächsten Mal bringst du sie aber wirklich mal mit.

Du stellst sie uns nie vor.

Ja.

Die du beim Jobben kennengelernt hast.

Du bist doch noch mit der von damals zusammen, oder?

Deine Beziehung hält aber auch schon lang, Inaba.

... dass ihr zusammenwohnt?

Ähm ...

Wissen eure Eltern ...

Sorry, sie ist eben schüchtern.

Irgendwann trefft ihr sie.

Ich will auch!

Zwei-, dreimal.

Ich hab sie mal kurz getroffen.

Wissen sie nicht ...

... Nein.

Ach so.

Passt bloß auf, dass es nicht rauskommt!

J... Ja.

Ich kann euch verstehen.

Dein Vater sieht total streng aus, Ari.

Wir wollen es eigentlich nicht verstecken ...

... aber vermutlich wären sie dagegen ...

Also ...

... wollen wir weiter aufräumen?

Okay. Aber wollen wir ...

Gern geschehen.

Bis dann!

Danke noch mal für eure Hilfe.

Von heute an kann ich deinen Kaffee jeden Tag trinken ...

Kein Problem.

Der hier schmeckt gut genug.

Wenn ich eine Espressomaschine hätte, könnte ich dir besseren machen ...

Das ist einfach irgendein Kaffee.

Und weil er sich nicht auskennt ...

... hab ich auch die nächstbeste Tasse benutzt.

Den Cappuccino hab ich aber nur auf die Schnelle gemacht.

Es ist nichts.

Was ist denn?

Ach, nichts.

Warum lachst du?

?

Hi hi hi

Ich freue mich einfach nur.

16

Endlich fängt
das Leben ...

B
R
R
R
ブ
ブ
|

B
R
R
ブ
ブ
|...

Ah,
das ist
Mama.

ブ
ブ
|
B
R
R
R

... zu zweit mit
Sosuke an.

Ja,
sicher.

Hallo?

Was
ist
denn?

Ari?

Hast
du
gerade
Zeit?

Echt toll! Sie ist sehr hell und ziemlich geräumig.

Wie ist die neue Wohnung?

Es ist noch alles voller Kartons ...

Ich räum gerade auf.

Ja, alles in Ordnung.

Ich wollte fragen, ob alles geklappt hat.

Du bist doch gestern umgezogen.

...

Ari, du bist ...

In Wirklichkeit teilen wir uns die Miete ...

Weil die Verkehrsanbindung nicht so gut ist!

J... Ja, genau.

Hast du nicht gesagt, die Miete sei niedriger als bisher?

*Region in Nordjapan

schreck

Geräumig?

W... Was sagst du da?

W...?

Woher ...

Waaas?

Das ist Mutterinstinkt.

... mit deinem Freund zusammengezogen, oder?

Der Mutterinstinkt ist nicht zu unterschätzen!!

Außerdem hast du neuerdings aufgehört, dich darüber zu beschweren, dass du deinen Freund Sosuke, so heißt er doch, kaum sehen kannst.

Schließlich hast du plötzlich beschlossen, umzuziehen, obwohl dir deine alte Wohnung gefallen hat.

WAAAH!!

Gut, dann komm ich morgen mit Papa bei dir vorbei.

...

Nei...

Ich hab doch recht, oder?

Hör mal, Ari.

Du bist nicht so gut darin, uns Dinge zu verheimlichen, wie du denkst.

Das war aber echt beeindruckend, Mama ...

... Es tut mir leid.

Du hast recht.

ひAえAAAん...

Ich hab nur nichts gesagt.

Seit du in der Mittelschule warst, habe ich von fast all deinen heimlichen Romanzen Wind bekommen.

Tut mir leid, dass ich nichts davon erzählt hab.

Wir wollten unbedingt mehr Zeit zusammen verbringen ...

Ja ...

Schau jedenfalls mal zu Hause vorbei.

... aber ich mache mir auch Sorgen und möchte, dass du offener mit mir bist.

Ich werde Papa nichts davon erzählen ...

Sosuke.

Ich bin gerade nicht in der Stimmung.

Ach, ist das schön ... ♡

... heimzukommen, wenn Licht brennt und du da bist ...

Hallo ...

HALLOOO!

Soll ich mitkommen?

Bekommst du das alleine hin?

Was? Nein, das ist schon okay.

Ich hab morgen auch frei.

Ich wollte eigentlich in den drei freien Tagen fertig aufräumen, aber ich hab wohl keine Wahl.

Jedenfalls fahr ich morgen nach Hause.

Ach so ...

Deine Mutter hat es herausgefunden?

Was?

Ver-
stehe.

... Okay.

Warte
du hier
und räum
weiter
auf.

Wenn ich
ihr alles
erzähle,
unterstützt
sie mich
bestimmt.
Das haut
schon hin.

Es hat sich
auch nicht
so ange-
hört, als
sei Mama
vollkom-
men da-
gegen.

Hallo
...

TRAPPEL
はたぱた
TRAPPEL

Hallo,
Ari!!

Du weißt es schon ...

Ihr seid also zusammengezogen?

J... Ja.

Lang nicht gesehen.

Hallo!

Maju! Auch hier?

Yippiiie!

... Mama.

Hallo.

STARR

Genau.

So, und jetzt raus mit der Sprache!

Dein Mann war also so nett, ihn aus dem Haus zu locken.

Aha.

Wo ist Papa?

Er ist mit meinem Mann Pachinko* spielen.

*beliebtes Glücksspiel

22

Aber ...

Und?

... ich bin doch erst 24.

Das ist zu früh.

Warum wohnt ihr nur zusammen und heiratet nicht?

*mit süßer Bohnenpaste gefüllte Teigware

Gut, spät ist es auch nicht gerade.

Ich finde nicht, dass 24 sonderlich früh ist.

Deshalb sind wir erst mal zusammengezogen.

Und wenn wir nicht zusammen wohnen, können wir uns nie sehen.

...

Also, ich fände das schön.

Bedeutet das, dass ihr in ein paar Jahren vorhabt ... ordentlich zu heiraten und Kinder zu bekommen?

Dann ...

Aber das haben wir noch nicht besprochen ...

Es ist euch also einfach noch zu früh.

... oder um zu sehen, ob ihr als Ehepartner zueinanderpassen würdet.

... lebt ihr also nicht in wilder Ehe, weil ihr prinzipiell nicht heiraten wollt ...

... Ich glaube ...

Habt ihr noch nie über eine Hochzeit geredet?!

Heißt das Nein?!

...

So weißt du doch gar nicht, was Sosuke vorhat!

Ihr habt nicht über die Zukunft gesprochen?!

Er ist doch mit seiner Arbeit voll ausgelastet.

... absolut ferne Zukunftsmusik.

... für Sosuke ist Heiraten noch ...

Für mich ist die gemeinsame Wohnung deshalb auch ein erster Schritt in Richtung Hochzeit ...

Ich wollte einfach schnell mit ihm zusammenziehen ...

Aber weil ich weiß, dass er an so was noch nicht denkt, kann ich ihn nicht darauf ansprechen.

Ich möchte ihm keine Angst machen ...

... meinetwegen auch sofort.

Ich möchte Sosuke irgendwann heiraten ...

Wer wohnt hier mit wem zusammen?

Oh, Opal

Ich bin früher gegangen, weil nur Kazuo ständig große Gewinne einfährt. So macht das keinen Spaß.

Aber was redet ihr da von einer gemeinsamen Wohnung ...

Papa!

Warum bist du hier? Was ist mit Pachinko?

Einfach heimlich so etwas ...

Ich kann derart unmanierliches Verhalten nicht ausstehen!!

Warum bittet ihr nicht um Erlaubnis und heiratet, wenn ihr zusammenwohnen wollt?!

Entschuldigung ...

Die Endlosschleife ...

Hach ...

Schon früher warst du immer ...

Aber Papa ...

Ruhe!!

Ich hätte nicht gedacht, dass du kommst ...

Sosuke.

Guten Tag.

Ich bin Sosuke.

Entschuldigen Sie, dass ich so plötzlich auftauche.

Ich wollte um Ihre Erlaubnis bitten, mit Ari zusammenwohnen zu dürfen.

Ich habe noch nicht die finanziellen Mittel für einen eigenen Haushalt und um eine Frau und Kinder zu ernähren ...

Ähm ...

Warum heiratet ihr nicht, wie es sich gehört?

Weil wir an unterschiedlichen Tagen frei haben, konnten wir uns nie sehen ...

Verzeihen Sie ...

... aber ...

D...

Da haben Sie natürlich recht ...

In so einem Fall spart man doch normalerweise, bis man das nötige Geld zusammen hat, und verkneift es sich, zusammenzuwohnen.

Wir hatten Angst, dass wir uns auseinanderleben und unsere Beziehung ...

... in die Brüche gehen würde, wenn wir uns weiterhin nie treffen können.

An der Uni hatten wir dasselbe Umfeld, aber das ist jetzt vorbei.

Ich bin Lehrer an einer Nachhilfeschule.

Was arbeitest du?

... dass du vorhast, Ari zu heiraten, sobald du die finanziellen Mittel hast?

Bedeutet dieses »noch nicht« ...

Deshalb möchten wir in wilder Ehe ... oder besser gesagt ...

... deshalb möchten wir zusammenleben.

Wir können zwar noch nicht heiraten ...

... aber ich wollte Ari nicht verlieren.

Natürlich.

Das ist meine Absicht.

Papa!

Habt ihr nicht einfach den angenehmeren Weg gewählt, weil ihr noch nicht bereit seid ...

... Verantwortung zu übernehmen und ihr euch scheut, die Sache ordentlich unter Dach und Fach zu bringen?

Ich bin der Ansicht, dass wer zusammen wohnen kann, auch heiraten kann.

Selbst wenn man das Kinderkriegen noch etwas aufschiebt.

Und rede auch mit deinen Eltern ... und bitte sie ordentlich um Erlaubnis.

Mei-netwegen. Wenn ihr vorhabt, zu heiraten, drücke ich ein Auge zu.

Aber lasst euch nicht zu viel Zeit.

... Verstanden!

Vielen herzlichen Dank!

Puuuh ...

Ich war total nervös ...

Aber zum Glück haben wir die Erlaubnis bekommen.

Oder?

Das war doch schon eine Art Heiratsantrag ...?

Du denkst also auch schon an eine Hochzeit.

Sosuke.

An jenem Tag war ich unendlich glücklich ...

Ich bin so glücklich!

Sosuke, ich liebe dich!

DRUCK

ぎゅっ

*Wie hätte
ich da ...*

*Ich war davon
überzeugt,
für immer mit
Sosuke zu-
sammen sein
zu können.*

*... ahnen können,
dass Sosuke mich
hintergehen
würde?*

*Keine einzige
Sorge trübte
unsere
Zukunft.*

Erster Kaffee – Ende –

Zweiter Kaffee

Ein halbes Jahr ist vergangen, seit wir zusammengezogen sind.

An den Alltag zu zweit haben wir uns auch schon komplett gewöhnt.

Plätscher

...

Ich bin gerade von einem Krimi besessen, der in zwei total dicken Bänden erschienen ist.

Ich hab die ganze Zeit gelesen.

Was hast du an deinem freien Tag heute gemacht?

Okay. Leihst du ihn mir, wenn du durch bist?

Lies doch auch mal rein! Du wirst süchtig werden.

Sosuke ist natürlich und liebevoll.

Ich bin glücklich, wenn ich mit ihm zusammen bin ...

Oh, das ist echt lecker.

Also der Tintenfisch.

Was?

Also machst du fast den gesamten Haushalt?

... aber die schöne Zeit, in der sich alles neu angefühlt hat, ist vorbei.

Auch hat sich wegen kleinerer Dinge Frust angefangen anzustauen.

... aber da er nicht sonderlich aufmerksam ist, bewegt er sich nicht, wenn ich nichts sage.

Weil er nett ist, hilft er mir, wenn ich ihn darum bitte ...

Er kann zum Beispiel überhaupt nicht kochen.

Außerdem ist er so umständlich und ungeschickt, weshalb am Ende doch ich alles erledige.

Das ist nicht okay. Ihr müsst euch die Arbeit teilen!

Du hast dich anfangs geopfert, viel erledigt, und das hat sich dann so eingebürgert?

Ja ...

Es würde mich auch stören, wenn wir nicht mehr gleichberechtigt wären ...

Aber ich kann ihm doch nicht sagen, dass er mehr bezahlen soll.

Das ... finde ich ehrlich gesagt auch.

Ihr teilt euch doch die Lebenshaltungskosten, oder?

Aber das ist doch unfair. Es ist ja nicht so, dass er dich ernährt.

Ha ha

...

Es macht dir wohl nicht wirklich was aus ...

Es ist nur etwas anstrengend, wenn ich von meinen Überstunden erschöpft bin und er seinen Abwasch vom Frühstück einfach stehen lässt oder das Zimmer unaufgeräumt hinterlässt.

Na ja, auch egal. Eigentlich mag ich es ja, den Haushalt zu machen und ihm so eine Freude zu bereiten.

Oh, und was ist mit den Sommerferien?

Aber Sosuke sagt immer: »Ich möchte hier relaxen und dein Essen essen.« ...

Wenn wir mal am selben Tag frei haben, würde ich gerne mit ihm ausgehen und essen gehen.

Total langweilig!

Ihr habt doch zusammen Urlaub genommen und seid nach Okinawa geflogen, oder?

Wir waren die ganze Zeit zu Hause.

Das musste wegen einem Taifun abgesagt werden ...

...

So viel du willst.

Klar doch.

Kannst du mir noch etwas zuhören?

Sorry, dass ich nur jammere.

Außerdem ...

... ist Sosuke ein größerer Stubenhocker, als ich gedacht hatte.

Ich hör dir gerne zu ...

Danke.

Ich fühl mich gleich viel besser, wenn ich mein Leid klagen kann.

Falls ich Zeit hab, würde ich gerne mit ...

Sagt mir auch Bescheid, wenn ihr das nächste Mal zu dritt was Trinken geht.

Okay, mach ich.

Stimmt! Inaba wohnt ja bei euch in der Nähe.

Wenn Inaba zufällig bei uns in der Gegend was Trinken geht, lädt er uns immer ein, aber sonst essen wir nie auswärts ...

Du hast recht ...

O... Okay.

Friss das nicht in dich hinein!

... aber es ist besser, wenn du mit ihm über deinen Ärger redest, anstatt ihn anzustauen.

Es ist ja nicht so, dass er es von sich aus bemerkt und selbst etwas unternimmt.

Ich würd's ihm sagen!

Selbst wenn es nichts bringt, weiß er so wenigstens, dass du unzufrieden bist.

Auch wenn es dadurch zum Streit kommt.

Gerade das ist es doch.

Ich weiß genau, dass es nichts bringt, etwas zu sagen, und dass er dadurch schlechte Laune bekommt.

Das kann ich doch vermeiden, wenn ich mich zurücknehme ...

Wieso hältst du dich überhaupt zurück und sagst es ihm nicht? Er ist doch dein Freund.

Ihr kennt euch schließlich sehr gut.

Du bist aber selbstbewusst.

Eingang für
Lehrpersonal.

Herr
Fujitani!

Fräulein
Masaki.

Gehen
Sie gera-
de nach
Hause?

Kann ich
bis zum
Bahnhof
mit Ihnen
laufen?

... aber ich bin im April umgezogen, um zusammen mit meiner Freundin wohnen zu können.

Früher hab ich etwas näher gewohnt ...

Wie lange brauchen Sie bis hierher ...?

In Osaki.

Wo wohnen Sie eigentlich, Herr Fujitani?

Wenn ich den Weg zu Fuß mitrechne, ungefähr 50 Minuten.

Ach so ...

...

Okay. Strengen Sie sich beim Übungstest am Sonntag an!

Also, ich muss dann zur U-Bahn ...

Dass sie mit ihren Fragen ausgerechnet zu Ihnen kommt ...

Ist sie nicht vielleicht in Sie verliebt?

Ja ...

Das war doch gerade Aina Masaki aus der zwölften Klasse, oder?

Die ist vielleicht süß. ♡

Und ihre Noten sind auch super.

'N Abend, Herr Fujitani!

Oh, Herr Miyata.

Hab ich gar nicht! Sie ist doch eine Schülerin. Das geht doch nicht!

Gut, es schmeichelt mir schon ...

Sie haben's gut.

Was? Echt?

Da haben Sie vielleicht recht ...

Es scheint so, sie hat eben auch auf mich gewartet.

Ich hab ihr erzählt, dass ich zusammen mit meiner Freundin wohne ...

... hoffentlich gibt sie jetzt auf.

Ach ja, stimmt! Sie heißt Ari, richtig?

Geht es ihr gut?

Ich schreib dir, falls es später wird.

Also treffen wir uns direkt im *Tsukushi*.

Westeingang

Das ist das erste Mal, dass wir vier seit dem Umzug zusammenkommen.

Echt?

Remi kann heute auch kommen.

Okay.

Ah!

Herr ...

Fräulein Masaki?

...

Nanu?

ZUCK

E...

Ent-
schul-
digen
Sie
bitte!

...

Ist
was?

Haben
Sie wie-
der eine
Frage?

Wer
war
das?

Kennst
du die?

Sie
wohnt
also
auch
hier.

Was
für ein
Zufall.

Nein ...

Rinkai-L...

... Sie
ist
Schü-
lerin
bei
uns.

Äh
...

...

...?

Und, was hat deine Mutter gesagt?

Dein Vater ist also nicht mitgekommen.

Er meinte, er wolle nicht. Ha ha!

Aber er hat meiner Mutter anscheinend gesagt, sie solle sich das mal ansehen.

Probieren Sie Schnaps aus Okinawa.

Wir führ Sake aus örtlicher oduktion.

... dann hab ich gekocht, und wir haben zu dritt gegessen.

»Ganz schön aufgeräumt« ...

Fugu*-Eintopf

*Kugelfisch

48

Okay, etwas besorgt haben sie schon geklungen.

Sie hatten nicht mal gewusst, dass ich eine Freundin habe, deshalb waren sie sehr überrascht, aber sie waren einverstanden.

Ja, wir haben telefoniert.

Haben euch deine Eltern auch ihre Erlaubnis gegeben, Sosuke?

Du kommst halt gut bei Frauen an.

Stimmt.

Ich hab mich ziemlich gut mit deiner Mutter verstanden, oder?

Oita* ist eben weit weg!

Ihr Männer habt's schön einfach.

So, so.

Und Ari hatte es so schwer ...

*Präfektur in Südjapan (Insel Kyushu)

... Genau!

Oder?

Wenn ich das nächste Mal nach Hause fahre, nehme ich Ari auch mit und stell sie richtig vor.

49

Ähm
...

Probieren Sie Schnaps aus Kagoshima.

Wir führen Sake aus örtlicher Produktion.

Depp! Warum denn du?!

Hm, dann fahr ich vielleicht auch mit.

Ich war noch nie auf Kyushu!

RUCK

Tomoka?!

Äh, sorry, lass mich mal durch!

Tut mir leid, dass ich so hereinplatze.

Hallo zusammen.

Hey! Lange nicht gesehen!

Was? Das ist Tomoka?

Inabas Freundin?

Sie besprechen irgendwas.

Ich meld mich dann.

Ja.

Klar.

Alles okay?

Könnt ihr das Geld für mich auslegen?

Tut mir leid. Ich geh schon mal.

Es hat sich was Dringendes ergeben.

...

Ja ...

Ob alles in Ordnung ist?

Was haben die wohl?

Weil du neulich gesagt hast, dass du mit Sosuke dort trinken warst.

Da hab ich gedacht, dass ihr da heute wie- der seid ...

Woher wusstest Du, wo wir sind?

...

Tut mir leid.

Bist du sauer?

Herr Fujitani!

Ich möchte unter vier Augen sprechen ...

Was gibt's?

... Okay.

Ich würde gerne etwas mit Ihnen besprechen. Haben Sie Zeit?

Seminar Sasaki

Ich wollte mir den Bahnhof ansehen, den Sie jeden Tag benutzen.

Ich hatte nicht damit gerechnet, dass Ihre Freundin auch da ist.

Außerdem ... hab ich gedacht, Ihnen morgens begegnen zu können.

Dass ich bis nach Osaki gekommen bin.

Ich möchte mich wegen neulich entschuldigen.

Seminar Sasaki

54

Ich glaube, Sie wissen das bereits ...

... aber ich spreche es trotzdem deutlich aus.

...

Sie gehen also zusammen zur Arbeit.

Sie ist sehr hübsch.

Ich denke nur noch an Sie und komm mit dem Lernen nicht voran.

Ich ...

... bin in Sie verliebt.

Ich weiß!

Auch wenn es nur eine Nachhilfeschule ist, bin ich doch ein Lehrer ...

Das ehrt mich ...

... aber das geht nicht.

... und Sie befinden sich in der wichtigen Phase vor den Aufnahmeprüfungen ...

Fräulein Masaki ...

Ich weiß, dass ich mir keine Hoffnung machen darf.

Aber das ist nicht so leicht ...

Können Sie bitte mit mir ausgehen?

Nur einen Tag.

Wenn ich einen schönen Tag mit Ihnen verbringen könnte und die Erinnerungen daran hätte ...

... dann würde mir das genügen, und ich könnte mich wieder auf das Lernen konzentrieren.

Was?!

... geht einfach nicht.

D...

Das ...

Ich bitte Sie!

Also ...

... gehen Sie bitte nur einen Tag mit mir aus.

Ich muss irgendwie einen Schluss- strich ziehen.

Aber in diesem Zustand fall ich garantiert durch die Prüfungen!

Ich kann nicht mit ei- ner einzelnen Schülerin so etwas ...

Seminar Sasa

SEMINAR SAS

Bitte ...

Zweiter Kaffee – Ende –

Dritter Kaffee

Trapp
trapp

Ari ... Was ist denn?

Ich geh schon mal vor!

Warteee! Ich kommeee!

Wollen wir heute Abend nicht bei dem Italiener hier essen, den wir im Internet gefunden haben?

Ich kann heute auch von einem Meeting außerhalb der Firma direkt heimgehen und bin deshalb früher zu Hause.

Tut mir leid. Heute ...

... kann ich leider nicht.

Äh ...

Was ...

Am Nachmittag hast du keinen Unterricht, nicht wahr?

Du hast heute doch früher Feierabend, oder?

Tut mir leid.

Lass uns nächste Woche gehen.

Nächste Woche muss ich wahrscheinlich Überstunden machen.

Schade.

Ach so.

Du kannst nicht?

Ich muss für einen anderen Lehrer nachmittags einspringen.

Ja ...

Vermutlich muss ich auch noch Überstunden ...

...

Okay.

Also, bis dann!

Jetzt hab ich sie tatsächlich angelogen ...

Dabei hätte ich genauso gut die Wahrheit sagen können.

... macht sich Ari vermutlich nur Sorgen und regt sich unnötig auf, wenn ich ihr davon erzähle ...

Auch wenn ich nichts Verwerfliches mache ...

Und selbst, wenn sie nur eine Schülerin ist, ist sie doch auch eine Frau.

... dass ich mit einer Schülerin ausgehe, weil ich nicht Nein sagen kann.

... wahrscheinlich hätte sie es nicht gut aufgenommen, wenn ich ihr gesagt hätte ...

Aber ...

Besser, ich sag nichts.

Genau.

Ich hatte keine Wahl.

Außerdem möchte ich ihr helfen, wenn sie so ihren Frieden findet und sich auf die Prüfungen konzentrieren kann.

Aber sie war den Tränen nahe, damit kann ich nicht umgehen!

Hach, aber eigentlich hätte ich irgendwie ablehnen müssen ...

Hallo!

Also, was wollen wir unternehmen?

Möchtest du einen Film sehen?

Das wäre auch okay ...

Also in einen Vergnügungspark oder so?

Zur Rikkei?

... aber ich würde gerne zur Universität Rikkei gehen.

Ich möchte heute so viel wie möglich mit Ihnen reden.

Ich will nicht ins Kino!

Da sitzen wir doch nur zwei Stunden still nebeneinander.

Vielen Dank!

Okay.

Ich schalt es aus.

Ja!

Also, dann wollen wir mal ... ... zur Rikkei!

Ich hatte mir diese Uni ausgesucht, weil mir die Gegend so gut gefallen hat.

Im Frühling blühen die Kirschblüten und im Herbst die Ginkgobäume.

Die Allee hier bei der Uni ist echt schön.

Ooh ...

Wie schön!

Das ist der Haupteingang ...

Ich war ewig nicht mehr hier ...

Die Abschlusszeremonie war das letzte Mal.

68

Aber weil wir immer nur in Kneipen gegangen sind, anstatt etwas Richtiges zu unternehmen, hat sich der Klub noch zu meiner Zeit aufgelöst ...

Aha ha!

Wir haben dort über die Erschließung des Weltalls diskutiert.

In einem kleineren, der sich mit der NASA befasst hat.

Ja, war ich.

Waren Sie auch in einem Studentenklub?

Sie sind also seit der Uni zusammen ...

So, so.

Nein, wir waren im selben Seminar.

...

Aha.

... War Ihre Freundin ...

... auch in dem Klub?

Sie werden auch sofort einen Freund finden, wenn Sie erst mal Studentin sind.

BRAND NEW PART1 W SAVE THE EART

Au ja, in die Mensa!

Huch!

Also ...

... wollen wir viel-leicht in die Mensa gehen und etwas es-sen?

...

Die Mensa ist schön billig. Es schmeckt dort aber auch entsprechend.

Aha ha! Kein Problem!

Ich hab momentan sowieso nicht viel zu tun.

Danke, dass du mitkommst!

Aber ich wollte heute einfach unbedingt italienisch essen.

Sorry, dass ich mich so kurzfristig gemeldet hab.

Remi!

Ari!

Hallo!

Kauf ihn ihm doch.

Aber vielleicht hat er ihn schon.

Sosuke mag diesen Manga.

Das ist der neuste Band.

Ah! Wart mal kurz!

Also, gehen wir?

Was ist?

...

Sein Handy ist anscheinend aus.

Der gewünschte Gesprächsteilnehmer befindet sich außerhalb des Empfangsbereichs oder hat sein Mobiltelefon nicht eingeschaltet ...

Okay.

Nur einen Moment!

Tut mir leid, ich frag ihn eben.

»Äh ...«

»Tut mir leid. Heute kann ich leider nicht ...«

Ist vielleicht sein Akku leer?

Aber er lädt ihn jeden Abend auf.

Dabei stellt er es sonst selbst im Unterricht nur auf lautlos ...

Komisch.

... kannst du ja die Schule anrufen und ihn an den Apparat holen lassen.

Wenn es dich so beschäftigt ...

...

Einen Augenblick, bitte.

Mein Name ist Kojima, könnte ich bitte mit Herrn Fujitani ...

Seminar Sasaki hier.

Äh ...

Entschuldigen Sie bitte.

...

Stimmt.

Entschuldigen Sie ...

... aber Herr Fujitani hat bereits Dienstschluss.

Ja, tut mir leid.

Mensch, Ari! Du nimmst das zu schwer!

Wir sind extra beim Italiener! Lass uns das Essen genießen!

Da steckt sicher nichts dahinter.

Vielleicht ist er ja mit Inaba bei einem Gokon*.

Da ist doch nichts dabei.

Ob das das erste Mal war?

Ich bin einfach total geschockt, dass er mich angelogen hat ...

*Gruppen-Blind-Date

Das war nur ein Beispiel!

Ein Gokon würde dir also auch was ausmachen ... Na ja, kann ich verstehen.

Ein Gokon?!

Wenn ihr wieder zu Hause seid, kannst du ihn ja unauffällig dazu befragen.

Oder schimpf besser mit ihm, weil er dich angelogen hat!

Ja ...

... dieses Mädchen etwas damit zu tun hat ...?

... aber was, wenn ...

Wenn es nur ... ein Gokon wäre ...

... könnte ich mich noch damit abfinden ...

Dann ist ja gut.

Jetzt bin ich richtig motiviert.

Ich werde die Prüfung auf jeden Fall bestehen und an der Rikkei studieren!

Mir hat es auch gefallen, meine alte Uni mal wieder zu sehen.

Das war echt schön!

Vielen Dank für den Tag!

Ich würde Ihnen gerne Mails schreiben können, wenn ich nicht mehr weiter weiß und Ihren Rat brauche.

Können Sie mir bitte ihre E-Mail-Adresse geben?

Ähm ...

Herr Fujitani ....

Es ist gegen die Regeln, sich mit Schülern Mails zu schreiben.

Das geht nicht.

Was ...?

Gut.

Ver- stan- den ...

Sie können immer zu mir kom- men.

Ihre Fragen beantworte ich gerne direkt im Seminar Sasaki.

Ja!

Von morgen an lernen Sie aber schön fleißig.

Das macht gar nichts.

Aber Sie haben schließlich Ihre Schuluniform an.

Tut mir leid, dass es nur ein Fast-Food-Restaurant war.

Danke für das Essen!

Ich will nicht nach Hause.

Oh, schon acht Uhr.

Ich muss dann langsam mal gehen.

Sie sind mit der U-Bahn hier, richtig?

Du wälzt
zu viel auf
Ari ab!

Wenn du dich
nicht dankbarer
zeigst und dich
nicht besser um
sie kümmerst,
wirst du dich
noch irgendwann
wundern!!

Hast du über-
haupt eine
Ahnung, wie
sehr sich Ari
aufreibt?

Du hast dich ge-
schnitten, wenn
du denkst, dass es
selbstverständlich
ist, dass Ari den
ganzen Haushalt
schmeißt.

TUUUT
...

Klick

Äh ...

Also ...

Hey, hallo!

Hallo ...

... Gerne.

Danke.

Möchtest du einen Cappuccino?

Du bist sicher müde.

Ooh! Wow!

Was ist das denn?

Ich hab das Rezept in einem Heft gelesen.

Das hab ich mit Kakaopulver gemacht.

DRÜCK

Remi hat mich gerade angerufen.

Sie war sauer auf mich und meinte, ich solle dir dankbarer sein und mich besser um dich kümmern.

Was, Remi?

Danke, Ari.

Ich war ziemlich überrascht, weil das so plötzlich kam ...

... aber sie hat recht.

Ich hab dir zu viel aufgebürdet.

Ich vergesse immer, mich bei dir zu bedanken ...

... aber ich bin dir echt dankbar dafür, dass du so viel erledigst.

Danke.

... warum du mich angelogen hast, Sosuke.

Du erzählst mir also nicht ...

Ja ...

Aber wenn du ihn nicht gleich trinkst ...

... wird sich der Schaum mit der Zeit auflösen ...

... und das Herz aus Kakao zerfallen.

Bist du heute so nett zu mir ...

... weil du ein schlechtes Gewissen hast?

... Du trinkst ja gar nichts.

Wolltest du doch keinen?

Ich trink ihn später.

Dritter Kaffee – Ende –

Vierter Kaffee

90

Ach ...

Dann leben Sie also auch mit Ihrem Freund zusammen.

Es würde mich interessieren, weil ich in einer ähnlichen Situation bin ...

Frau Kurota

Was uns dazu veranlasst hat, zu heiraten, obwohl wir schon zusammenleben?

Genau. Ehrlich gesagt ...

Deshalb wollte ich endlich Klarheit schaffen.

Als wir frisch zusammengezogen waren, hatten wir vor, ein Jahr später zu heiraten, aber schnell waren drei Jahre vergangen.

Außerdem hab ich Zeitschriften mit Informationen zu Hochzeiten absichtlich auf dem Tisch platziert ...

So was wie Braut heute ...

Also, in unserem Fall hab ich ihm ganz schön in den Ohren gelegen, dass wir endlich mal vor den Altar treten sollten.

Was?

Das hört sich gefährlich an.

Wenn Sie ihm keinen Druck machen, zieht sich das genauso in die Länge wie bei uns.

Wir planen eigentlich auch, zu heiraten ... und wohnen jetzt ungefähr ein Jahr zusammen.

Wie ist es denn bei Ihnen?

... und er scheint auch überhaupt kein Geld zu sparen.

Aber ich kann ihm nichts Konkretes entlocken ...

... aber ich glaube, bei allen anderen ist es schwierig, sie zum Heiraten zu bewegen, wenn die Frau nicht die Initiative ergreift.

Bei Männern, die einen ausgeprägten Heiratswunsch haben oder früh Kinder wollen, ist das vielleicht anders ...

Für sie bringt das keinerlei Nachteile, sondern nur Vorteile.

So bekommen sie eine Art Ehefrau, ohne Verantwortung oder finanzielle Bürden auf sich laden zu müssen.

Männern reicht es doch, zusammen wohnen zu können.

Ich denke, dass Sie bald etwas unternehmen sollten, wenn Sie meinen, dass er der Richtige ist.

Außerdem lauert da noch die Gefahr, dass ihn eine andere wegschnappt, wenn man sich zu viel Zeit lässt.

Tut mir leid, Ari.

Wo heute doch dein freier Tag ist.

Ich bin's, Maju.

Hallooo! ♡

Kein Problem, ich hatte sowieso nichts zu tun.

Außerdem mag ich es, mit Maju zu spielen.

Aber es ist schon so lange her, dass ich mich das letzte Mal mit meinen Freunden aus der Schulzeit getroffen habe.

Mein Mann spielt heute Golf, und die anderen Mütter sind auch beschäftigt.

Komm rein!

Hast du noch etwas Zeit?

Ich mach uns einen Tee.

Danke.

... aber andererseits zeigt es mir ja, dass er noch überhaupt nicht Vater werden möchte ...

Einerseits freut es mich, dass er sich um mich Sorgen macht ...

Was so was angeht, ist er total vorsichtig und passt immer auf.

Das ... geht nicht.

Maju, warte hier schön brav auf mich.

Danke noch mal.

Ich mail dir, wann ich zurückkomme.

Ja, Mama!

Ah, genau.

Ähm, Schwesterherz ...

Musst du nicht langsam los ...?

Okay! Ich hab schon alles vorbereitet.

Ich will malen!

Was wollen wir jetzt machen?

96

... lie-
ber eine
Tochter ...

Ich
möchte
auch ...

Sie ist so
niedlich,
dass ich
sie einfach
anfassen
muss.

Ach,
nichts.

Wa-
haas?

Seminar Sasaki

Herr
Fujitani!

Lange nicht gesehen.

...

Nein. Es ist nur ...

... dass Sie so hübsch geworden sind ...

... Ich hab Sie auf den ersten Blick gar nicht wiedererkannt.

Wie gemein! Haben Sie mich etwa vergessen?

Huch?!

Fräulein Masaki?!

Vielen Dank!

Das ist Ihr Verdienst.

Ach, übrigens ...

Glückwunsch, dass Sie es auf die Rikkei geschafft haben!

Sie sehen jetzt richtig wie eine Studentin aus!

Hi hi!

Finden Sie wirklich?

Alles ist neu und ganz anders als auf der Schule.

Ja!

Und, wie ist die Uni?

Gefällt es Ihnen dort?

Herr Fujitani ...

... haben Sie heute schon was vor?

Nein.

Ich bin nur vorbeigekommen, weil ich in der Gegend war ...

Und, was gibt's?

Haben Sie hier etwas zu erledigen?

Wirk-
lich?!

Okay.
Gerne.

Wenn
Sie Zeit
haben ...

... würde es
mich freuen,
wenn Sie
mich zur
Feier meiner
bestandenen
Prüfung zum
Essen ein-
laden ...

könn-
ten ...

Juhuuul ♥

In meinem ganzen Leben war ich noch nie in so einem inneren Konflikt.

Das können Sie laut sagen!

Ich hab Ihnen Probleme bereitet ...

Ich möchte mich für die Sache damals entschuldigen.

Sie haben wirklich vom nächsten Tag an konzentriert gelernt und gleich auf Anhieb bestanden.

Aber ich bin froh, dass ich Ihnen helfen konnte.

So einfach war das nicht.

Aber Sie haben mich einfach nur als Leiter zum Erfolg benutzt! Ha ha!

Hatten Sie keine Angst vor den Konsequenzen, wenn ich weiterhin nicht locker gelassen hätte?

Ich musste mich mit aller Kraft zusammenreißen.

Doch, das hatte ich. Ha ha!

Aber ich hatte es Ihnen ja versprochen ...

... deshalb habe ich meine Gefühle unterdrückt und mich auf die Prüfungen konzentriert.

Auch mit den schönen Erinnerungen ...

... konnte ich keinen Schlussstrich unter meine Gefühle ziehen.

O... Okay.

Ich bin ja nicht mehr Ihre Schülerin, das ist doch jetzt in Ordnung, oder?

Bitte geben Sie mir Ihre E-Mail-Adresse!

Da fällt mir ein ...

Ich hab schon ...

Sonst meldet er sich doch immer, wenn er abends fort-geht.

Sosuke ist vielleicht spät dran.

Ob er das Abendessen noch möchte?

...

Ans Telefon geht er auch nicht ...

RUMMS
バターン
klak klak

Er ...

... ist also heimgekommen.

Sosuke.

108

Was war denn gestern ...?

Ah, sorry, wir haben bei Herrn Miyata gefeiert.

Ich hab zu viel getrunken und bin einfach eingeschlafen.

Tut mir leid, hab ich dich geweckt?

... Hallo ...

... Ari.

Tut mir leid, dass ich mich nicht gemeldet hab.

... Ich geh duschen.

Sosuke.

Ein leicht ...

Du bist ein
zu schlechter
Lügner.

... süßlicher Geruch.

Ich esse heute auswärts ...

... also wart nicht auf mich und geh ruhig schon mal schlafen.

Von jenem Abend an ...

... ist es häufig vorgekommen, dass Sosuke unter dem Vorwand von Überstunden oder einer Party später heimgekommen ist.

Seine anfangs unbeholfenen Lügen ...

... kommen ihm mittlerweile selbstverständlich über die Lippen.

... Okay.

Oder hat er vielleicht vor, sich von mir zu trennen?

3·4

Ob es nur eine Affäre ist?

Immer passiv ...

Deshalb kann ich mich nur zusammenreißen und warten.

Ich habe Angst, dass die vergangenen fünf Jahre umsonst gewesen sein könnten.

Ich habe Angst, dass durch einen Streit alles kaputtgehen und ich ihn dadurch verlieren könnte.

Ich würde gerne heulen und ihn zur Rede stellen, aber ich kann nicht.

... und ich hasse mich.

... Sosuke ...

Ich hasse ...

Vierter Kaffee – Ende –

Fünfter Kaffee

Lang nichts von dir gehört! Wie geht's? Ist was?

Ari?

Ach, schon okay.

Ich hab mich nur gefragt, was du machst, weil wir uns in letzter Zeit nicht gesehen haben.

Aber kurz können wir schon reden. Was ist denn?

Mein neues Projekt hält mich ganz schön auf Trab.

Ja.

Ach so. Im Moment bin ich ehrlich gesagt in der Firma.

Was? An deinem freien Tag?

Okay, halte durch!

Mach's gut, Remi.

Tut mir echt leid. Gegen Monatsende dürfte sich die Situation beruhigt haben. Ich melde mich dann.

116

Dabei wollte ich mit ihr über Sosuke sprechen ...

Seufz

Was soll ich bloß tun ...?

... Ich sag doch ...

... ich bin gerade mit einer zusammen ...

Was hast du gerade gesagt?

Was?

Sch... Schrei nicht so, Inaba.

Waaas ?!

Was soll das heißen, ich versteh dich nicht!!

Nein.

...

Meinst du Ari?

Damals war sie noch Schülerin, deshalb hatte ich mir nichts dabei gedacht ...

Im Herbst hat sie mir ihre Gefühle gestanden ...

Ein Mädchen, das letztes Jahr auf meine Schule gegangen ist.

Wer ist sie?

Und was machst du jetzt mit Ari?

Trennst du dich von ihr?

... aber als ich sie im Frühling wiedergesehen habe, war sie eine echt hübsche Studentin.

Sie meinte, dass sie mich noch liebe, und schon war ich in ihren Fängen ...

Sie ist halt was Besonderes.

Ich liebe sie nur auf eine andere Weise. Wie sag ich das am besten ...?

Aber Ari liebe ich doch auch.

Obwohl du eine andere liebst?

Das kann ich doch nicht tun!

Ich hab ihr schließlich versprochen, sie zu heiraten.

Nur jetzt ...

... nur ein bisschen.

Schon ...

Ja.

Also ist das nur eine Affäre.

Red keinen Unsinn.

...

Ich weiß, dass es nicht in Ordnung ist ...

... aber ich hatte keine Wahl.

Manchmal muss doch jeder ...

Du bist echt das Letzte.

Ich bin enttäuscht von dir.

119

Ich hätte nicht gedacht, dass du so sauer wirst.

Ich hab gedacht, du würdest mich wenigstens ein bisschen verstehen.

Du bist echt streng, Inaba ...

... Verstanden.

Hast du dich etwa nie für andere Frauen interessiert?

Bist du denn Tomoka die ganze Zeit treu gewesen?

Und was war das für ein Gesichtsausdruck eben?

Nein. Hab ich doch gesagt.

Nein.

Nicht so was.

Wusste ich's doch! Da war also was.

Okra Myoga

getrocknete Kaki-Früchte

gekochte Taro-Kartoffel

frische Kaki-Früchte

Okra Myoga

Jeden-falls ...

... musst du dich von der anderen trennen!

Hast du das verstan-den?

Ich weiß ...

... ich muss diese Sache schnell beenden.

Aber ...

... ich schaff es nicht.

Ich möchte Aina nicht weinen sehen.

Und mit Ari komm ich auch super klar.

Ich erledige das.

Danke!

Ich bin netter zu ihr als früher ...

... und Ari dankt es mir mit ihrem Lächeln.

Alles überhaupt kein Problem.

Deshalb ...

... kann ich doch noch ...

... nur noch ein bisschen wie bisher ...

Was mach ich jetzt?

Un-möglich ...

... meine Tasche ...

Ach so.

Ich hatte ja ...

Auf jeden Fall die Polizei ...

Wo war noch mal die nächste Polizeistation?

Mein Geldbeutel und mein Pendlerticket sind gestohlen worden ...

Ich muss meine Kreditkarten sperren lassen.

Äh ...

Beruhig dich!

Puuh ...

Kommen sie
zurück?

Hilfe, ich
hab Angst!!

... Ein anderer
Roller?!

Sosuke.

Bitte geh
ran!!

Sosuke ist doch
sicher zu Hause.

Der gewünschte Gesprächsteilnehmer befindet sich außerhalb des Empfangsbereichs oder hat sein Mobiltelefon ...

Äh ... alles okay?! Bist du verletzt?!

Deine Handtasche wurde geraubt?!

Als ich die Polizei angerufen habe, wurde mir gesagt, ich solle an Ort und Stelle warten, da sie den Tatort untersuchen müssten.

Nein, mir geht's gut.

Ich habe mir nur die Schulter etwas gestoßen.

Waaas?! Was macht dieser Trottel nur?

Ich hab ihn angerufen ...

... aber ich erreiche ihn nicht ...

Ich warte jedenfalls gerade alleine und fühl mich dabei nicht wohl ...

Tut mir leid, dass ich dich damit störe.

Was?! Sorry!!

Oh jeeeh ...

Ich würde dir so gerne helfen ...

... aber ich bin leider gerade auf Geschäftsreise in Osaka ...

Das ist okay. Ich habe schon Feierabend und bin gerade im Hotel.

Das ist doch gar kein Problem!

... Aber ... Was ist mit Sosuke?

Lass uns Inaba anrufen!

Er ist doch in der Nähe.

Ach! Das ist es! Inaba!

Hallo.

Ari!

POLIZEIREVIER OSAKI

Die gestrigen Unfälle

Können wir dann gehen?

Ich habe gerade Anzeige erstattet ...

Sorry, dass ich so plötzlich ...

Ja ...

Alles okay?

...evier 0120-

Das war sicher schlimm.

Äh, ja, gehen Sie ruhig.

Ich war sowieso gerade auf dem Heimweg.

Kein Problem.

Ernennungen zu Angestellten des Polizeipräsidiums

Okay, danke.

Ich bring dich heim.

Schnappt die Typen lieber schnell!

Ja ...

Bitte achten Sie darauf, Ihre Taschen abgewandt von der Straße zu tragen und halten Sie sie gut fest.

In letzter Zeit häufen sich solche Überfälle. Einige passieren sogar mittags.

Ich bitte ihn, mir die Tür zu öffnen.

Aber er wohnt in der Nähe.

Nicht da ...

Was ist mit dem Hausmeister?

Ich komm nicht rein ...

Ach!

Mein Wohnungsschlüssel ist auch in der Tasche.

Das macht mir schon Angst ...

Hoffentlich tun die mir nichts.

Und der ist mit Foto.

Aber mein Firmenausweis ist drin.

Es ist nichts in der Tasche, auf dem meine Adresse steht ...

Die suchen sich nicht ein bestimmtes Opfer und überfallen es.

Die sind einfach nur auf dein Geld aus.

Mach dir keine Gedanken.

Danke.

Du kannst dich immer melden, wenn etwas ist.

... dann komm ich sofort vorbei.

Wenn Sosuke nicht da ist und du jemanden brauchst, der dich begleitet ...

Die Angst bleibt aber trotzdem ...

Hoffentlich hast du recht.

Nach dem, was du erlebt hast, ist das normal.

Was macht er bloß um diese Uhrzeit?

... Trotzdem ist er spät dran.

... dass er wahrscheinlich bei einer anderen Frau ist.

... Ich glaube ...

...

Ari!

Sosuke
...

... be-
trügt
mich.

Hallo!

カッ
ガリ キャッ KLAPP
カッ キャッ
KLAKLACK

Sorry,
dass es
spät ...

Ist ...

... etwas
pas-
siert?

...

Häh,
Inaba?!

Warum?

Ari wurde die Handtasche geraubt, und sie steht total unter Schock!

Wo warst du, dass du nicht ans Handy gegangen bist?

Frag nicht so blöd!

Was ...?

... Nein, es ist nicht okay.

Bist du verletzt? Alles okay?

Geraubt?

Kann ich rein- kommen ...?

Ari.

Ich will das nicht hören!! Geh weg!!

Tut mir leid, Ari.

Es tut mir echt leid.

Ich ...

Nein!! Bleib weg!!

... und hat
gelitten, ohne
etwas zu sagen.

Ari hat es
die ganze Zeit
gewusst ...

... dass es
gut läuft.

Ich hatte
mir also nur
eingebildet ...

Ari ...

Fünfter Kaffee – Ende –

Sechster Kaffee

カチャッ…
KLACK

Ari ...

Dann hat er mir ...

... alles erzählt, was vorgefallen war.

Ir-gend-wie ...

... hatte ich wahr-scheinlich noch ge-hofft ...

... dass alles nur ein Irrtum meiner-seits war.

... als ich gedacht hatte.

... hat es mehr wehge-tan, alles von ihm bestätigt zu bekom-men ...

Obwohl ich es bemerkt hatte ...

... ist also doch das Mädchen, dem wir damals am Bahnhof begegnet sind.

Man hat wohl wirklich ein Gespür für solche Dinge.

Die ande-re ...

Es tut mir echt leid.

Obwohl du das Wichtigste für mich bist ...

... und hab etwas Dummes getan.

Ich bereue es furcht-bar.

... bin ich schwach gewor-den ...

Kannst ...

... du mir dieses Mal noch verzei-hen?

Ich werde mich nicht mehr mit ihr tref-fen.

Ich ver-spreche dir, dass ich so was nie wieder tun werde.

Am nächsten Abend ...

... war das Erste, was Sosuke mir nach seiner Rückkehr sagte, dass er mit ihr Schluss gemacht habe.

Nein, ich hab sie angerufen.

Ich habe beschlossen, sie nie mehr wiederzusehen.

...

Hast du dich mit ihr getroffen?

... endgültig mit ihr Schluss gemacht?

Hast du ...

Sie hat zwar geweint ... und es hat lang gedauert, aber ich hab's irgendwie hinbekommen.

Ja.

Ja.

Heißt das et- wa ...

... dass du mir vergibst?

... Okay.

Was?

Ich helfe dir!

Äh!

Ich mach dann Essen.

Ich werde die Sache vergessen.

Ja.

Wirk- lich?!

Oder halt! Heu- te mach ich mal das Es- sen.

Schon, aber ...

...

Was? Aber du kannst doch nicht ko- chen.

Ich bin so froh ...

... danke, Ari.

Wir können unsere Beziehung retten ...

Das wird schon wieder ...

Deshalb wollte ich ihm verzeihen und vergessen.

Auch ist er zu mir zurückgekommen.

Jeder macht mal Fehler.

Ich liebe Sosuke einfach, deshalb wollte ich nicht Schluss machen.

Westausgang

Aber das ...

... stellte sich als schwerer heraus, als ich gedacht hatte.

as if the moonlit ai were charged with of the masters; and my halting comp...

Auch wenn unser Alltag sich auf den ersten Blick nicht von früher unterschied ...

... war irgendetwas vollkommen anders.

Nicht der Rede wert!

Danke, dass du gekommen bist, als mir die Tasche geraubt wurde.

Wurde die Tasche gefunden?

Nein, es hat sich nichts getan.

Tut mir leid, dass ich damals nicht dazu gekommen bin, mich richtig zu bedanken.

Aber wie abzusehen war, läuft es seitdem nicht gut zwischen uns.

Es ist total verkrampft.

Du weißt das wahrscheinlich schon ...

... aber er hat die Affäre beendet.

... Und was wolltest du mit mir besprechen?

Ja ...

Es geht um Sosuke, richtig?

Was?!

Ob er sich wirklich ...

... endgültig von dieser anderen getrennt hat?

Nicht wirklich ...

Hat er dir nichts erzählt?

Was Sosuke wohl denkt?

Ich traue mich nicht ... ihn direkt zu fragen.

151

Ich habe keinen Grund zu der Annahme.

Äh, nein, das ist es nicht.

Er wird doch nicht etwa ...

Glaubst du etwa, dass er es nicht getan hat?

Vielleicht bin ich einfach übersensibel.

Wenn ich ihm Mails schreibe, treibt es mich um, ob er nicht gerade bei der anderen ist.

Und dann frag ich mich, ob er wirklich Überstunden macht, und werde total nervös.

... aber an manchen Tagen wird es immer noch spät.

In letzter Zeit kommt Sosuke früh nach Hause ...

Außerdem erinnere ich mich manchmal plötzlich daran, wie er mich von vorne bis hinten belogen hat, und mir schnürt sich die Brust zu.

Du scheinst wirklich aus dem Gleichgewicht zu sein.

Und wenn er nett zu mir ist, denke ich immer, dass er mich nur gütig stimmen möchte und kann mich nicht wirklich freuen.

Auch kleine Dinge, die ich ihm früher verzeihen konnte, machen mich jetzt wahnsinnig.

Also muss ich diese Situation vorerst ...

... wohl noch etwas ertragen ...

Aber es ist doch ...

... selbstverständlich, dass nicht alles sofort wieder wie früher wird, oder?

Wenn etwas Zeit ...

Ja ...
Du hast recht.

Also kommt ihr gut miteinander klar.

Das ist schön.

So ist das auch wieder nicht.

Ich habe sie nicht eine Sekunde geliebt.

Habt ihr nie Stress?

Du bist auch schon lange mit Tomoka zusammen.

Nicht wirklich ...

Was?

Weil sie es unbedingt wollte.

Warum bist du dann mit ihr zusammen...?

Na ja, außerdem ist sie in Ordnung und ich hab nichts gegen sie. So kommt es, dass wir bis heute zusammen sind.

... dass ihr das nichts ausmache und dass sie mit mir zusammen sein wolle, bis die andere mich akzeptiert.

... aber darauf entgegnete sie ...

Ich hab sie so oft mit den Worten abgewiesen, dass ich eine andere liebe ...

Dafür, dass sie eher ein Mauerblümchen ist, ist sie sehr offensiv.

Und ...

... was ist mit der, in die du verliebt warst?

Hat das nicht geklappt?

Schockt dich das?

...

Ich bin etwas überrascht ...

Ich meine dich.

Sie ist die Freundin meines besten Freundes.

Ich musste sie mir aus dem Kopf schlagen.

Seit dem Moment, als mir Sosuke dich als seine neue Freundin vorgestellt hat ...

... war ich die ganze Zeit in dich verliebt.

... aber weil er dich betrügt und verletzt, mach ich's doch.

...

Ich wollte das eigentlich nie sagen ...

Ich hab versucht, zu vermeiden, dass ihr euch trefft, aber es hat sie eben beschäftigt.

Als wir neulich zu viert weg waren, ist Tomoka doch gekommen, oder? In Wirklichkeit wollte sie dich mal sehen.

Willst
du dich
nicht ...

... von
Sosuke
trennen
und mit mir
zusammen
sein?

Ich warte
auf deine
Antwort ...

... also
denk
darüber
nach.

Wenn
du dich
für mich
entschei-
dest ...

... werde
ich mich
von meiner
Freundin tren-
nen und die
Freundschaft
mit Sosuke
beenden.

Frau Kojima!

Huch!

Es hat keinen Zweck. Ich kann mich nicht konzentrieren.

Puuh ...

Oh, Entschuldigung! Hier ist es!

Haben sie das Material für die Konferenz mit der Firma M?

Inaba ist ein guter Typ ...

... und es wäre gelogen, zu behaupten, dass mir das nicht schmeichelt.

Ich hatte nicht die leiseste Ahnung ...

... von Inabas Gefühlen.

Sosuke weiß es garantiert auch nicht ...

Warte!

Haust
du
etwa
ab?

KNALL

KLAPP

Hah

Hah

Ich hab gedacht, die geht gleich auf mich los ...

Das war das erste Mal, dass mir so ein Hass entgegengebracht wurde.

Dieses Mädchen ...

... hat mich total unheimlich angestarrt.

Unmöglich!

So jemand ist sie nicht.

Was soll das?!

Das regt mich jetzt total auf!

Warum nimmst du sie in Schutz?!

Es hat keinen Sinn mehr!

Ich bin total unglücklich.

Es tut mir weh, mit dir zusammen zu sein.

Ich will nicht mehr.

Lass uns Schluss machen.

Sechster Kaffee – Ende –

Siebter Kaffee

Wir ziehen zusammen am Ende des Monats um.

Wir haben auch schon beide was Neues gefunden.

Wir ziehen beide aus.

Was ist mit der Wohnung?

Und was macht ihr jetzt?

... dass ich nicht für dich da war, als du mich gebraucht hast ...

Tut mir leid ...

Ich bin froh, dass ich dich da nicht mit hineingezogen habe.

Das ist überhaupt kein Problem.

Ich fühl mich erleichtert, seit wir beschlossen haben, Schluss zu machen. Jetzt ist es entspannter.

Wir reden auch normal miteinander.

Aber ...

... für mich war es schlimmer, als wir noch versucht haben, irgendwie die Beziehung zu retten.

Oh, das ist sicher unangenehm ...

Ja, schon.

Ja.

Und bis dahin wohnt ihr zusammen?

Ich wäre froh, wenn ich wie du wäre.

Aber ich hab ihn eben geliebt ... und versucht, zu retten, was zu retten ist.

Das verstehe ich nicht!

Ich würde meinen Freund hassen, wenn er mich betrügen würde.

Oder mir gleichgültig werden.

So ist das also ...

Wir haben uns zwar getrennt ...

... aber wir hassen uns nicht.

169

Hast du es deinen Eltern erzählt?

Ja. An meinem freien Tag neulich hab ich sie besucht.

Weil wir gegen ihren Willen zusammengezogen sind und uns dann getrennt haben ...

... hatte ich befürchtet, dass sie wütend auf mich sein würden.

Obwohl ihr es uns doch erlaubt habt, weil wir gesagt haben, dass wir heiraten ... hat es nicht funktioniert.

Tut mir leid.

Schon gut. Dieses Versprechen ist uns egal.

Wir wollen nur, dass du glücklich wirst.

Aber das ist okay.

Mir geht es ja gut.

Danke.

Sorry, dass ich mich so lange nicht gemeldet hab.

Ich bin's, Ari.

Inaba?

Ich hab von Sosuke gehört ...

... dass ihr euch trennt ...

Ja.

Aber ...

... ich kann nicht deine Freundin werden.

... Tut mir leid.

Wenn ich das machen würde ...

... würde Sosuke gleichzeitig seine Freundin und seinen besten Freund verlieren.

Ich kann dich Sosuke nicht wegnehmen ...

Das geht nicht.

Aha ha

Lehn dich an!

Weil ich gerade mitgenommen bin, würde ich mich zwar gerne an dich anlehnen, aber ...

Das hat mir sehr geschmeichelt.

Danke, dass du so lange Gefühle für mich gehegt hast.

Okay.

Mach's gut.

... Verstanden.

Also dann ...

Ich finde ...

... Tomoka ist ein tolle Frau.

Kümmer dich gut um sie.

Das ist also das letzte Mal ...

... dass ich zusammen mit Sosuke diesen Weg zum Bahnhof gehe.

Auch in diese Stadt, wo wir eineinhalb Jahre gewohnt haben ...

... werde ich wohl nie mehr zurückkehren.

Okay.

Kümmer dich bitte um den Rest.

Ich geh dann.

Also ...

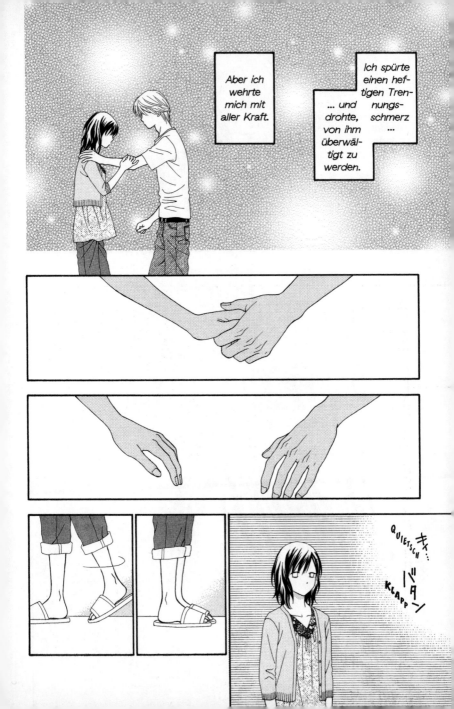

Okay!

Frau Kojima! Wir müssen zu dem Termin!

Zwei Jahre später.

Herbst.

Ja, kein Problem.

Haben Sie die Handouts?

Lassen Sie uns auf dem Rückweg bei der Firma B vorbeisehen.

Haben Sie morgen etwas vor?

Ob es morgen auch sonnig ist?

Heute ist vielleicht schönes Wetter.

Ich geh auf die Hochzeit ...

... eines Freundes.

Aber sie bedeutet mir schon etwas ...

... außerdem gibt es keine, die so viel auf sich nehmen würde, um bei mir zu sein.

Dafür wollte ich sie belohnen.

Was sagst du da?!

Immer mit der Ruhe.

Nein, ich liebe sie immer noch nicht.

Was?

Hast du gemerkt, dass du sie in Wirklichkeit doch liebst?

Tomoka sah vielleicht hübsch aus.

Glückwunsch!

Alles Gute, Inaba!

Danke.

Der Typ hier ist doch total leicht zu lesen.

Seit der Zeit an der Uni.

Hast du davon gewusst, Remi?

Du hast es sicher nur bemerkt, weil du in derselben Lage warst.

Vor zwei Jahren hat sie mich abblitzen lassen.

Hast du es ihr gesagt?

Wann war das?!

Ach, Ari weiß also auch Bescheid.

Hört sofort auf damit!

Hey!

Re... Warum ...

Also hast du Ari endlich aufgegeben.

Ihr beide habt halt nur euch gesehen.

Das hab ich gar nicht gewusst ...

WAAAS?

Ich hab ihn mir aber schnell aus dem Kopf geschlagen.

Ari

Ah, du hast es also bemerkt?

Schließlich warst du damals in Sosuke verliebt.

... Okay.

Red doch mal mit ihm.

Sosuke ist dort drüben.

Ari ...

Lang nicht gesehen.

Hallo, Sosuke.

Ich hab dich vermisst ...

... und mich gefragt, warum wir nicht mehr für die Rettung der Beziehung getan haben.

... war ich total deprimiert. Eine Zeit lang ...

Hm ...

Und, wie ist es dir so ergangen?

... und der, der mich eingearbeitet hat, war extrem streng.

Als Mensch ist er aber okay ... Er heißt Shiroi.

Ich hab gedacht, dass es eine nette Abwechslung werden würde, aber das war zu optimistisch.

Dort gibt es nämlich unglaublich viel zu tun ...

Ich wurde versetzt!

Ich wurde in die Abteilung für Produktentwicklung versetzt.

Etwas passiert?

Aber dann ist etwas passiert.

Aber ...

Das war echt anstrengend.

Genau.

Du hattest also keine Zeit, bedrückt zu sein ...

Ich hab mehr Überstunden gemacht ...

... und auch nach Feierabend Fachbücher gewälzt und gelernt.

Deshalb hab ich mich sehr bemüht, mich schnell zurechtzufinden.

Jedenfalls war er unerbittlich und total unheimlich, wenn er sauer war.

Aber ...

... jetzt mag ich meine Arbeit gern ...

... und genieße jeden Tag sehr!

... an der ich keine wirkliche Freude hatte und die ich nur für meinen Lebensunterhalt erledigt habe.

Ich wollte schnell heiraten und aufhören.

In meiner letzten Abteilung war es immer nur Routinearbeit ...

... und Produkte, an denen ich mitgearbeitet hatte, verkauften sich gut.

So hat mir die Arbeit dann immer mehr Spaß gemacht.

Es wurden Entwürfe von mir angenommen ...

... mit der Zeit kam auch der Erfolg.

Was?
Warum
nicht?

Ich hab
sie doch
extra zu
dir ge-
schickt!

... Ich
hab's
nicht
ge-
schafft.

Hast
du ihr
gesagt
...

... dass
du sie
noch liebst
und sie zu-
rückhaben
möchtest?

So-
suke!

Ich ...

... aber
sie hat
sich
weiter-
entwi-
ckelt.

Ich
bin zwei
Jahre auf
der Stelle
getreten
...

... muss
mich eben-
falls ran-
halten.

Depp. Was das betrifft, bin ich ein gebranntes Kind.

... jedes Jahr neue Mädchen kennen.

Na ja, als Nachhilfelehrer lernt man doch ...

Ach so.

... So, so.

Auch wenn mir jedes Jahr ein paar Schülerinnen schöne Augen machen.

Wie ist die Hochzeit?

Wenn Sie Zeit haben, würde ich morgen Abend gerne mit Ihnen Essen gehen.

Herr Shiroi

Herr Shiroi

Wegen morgen

Gerne.

Hi hi

Piep
piep
piep
piep
piep
piep

PS:
Das ist das fünfte Mal, dass ich Sie einlade.

Möchten Sie nicht langsam mal Ja sagen?

Cappuccino – Ende –